Le fameux arbre de Noël de Pingouin

texte de

Jeannie St. John Taylor

illustrations de Molly Idle

Les Éditions Homard

Le fameux arbre de Noël de Pingouin
Texte © 2007 Jeannie St. John Taylor
Illustrations © 2007 Molly Idle

Publié par les Éditions Homard Ltée
1620, rue Sherbrooke Ouest, bureaux C & D
Montréal (Québec) H3H 1C9
Tél. : (514) 904-1100 • Téléc. : (514) 904-1101
www.editionshomard.com

Édition : Alison Fripp
Rédaction : Alison Fripp et Meghan Nolan
Assistante à la rédaction : Faye Smailes
Révision linguistique : Marie Brusselmans
Chef de la production et conception graphique : Tammy Desnoyers

Société de développement des entreprises culturelles
Québec ☒ ☒
☒ ☒

Gouvernement du Québec – Programme de crédit d'impôt pour l'édition de livres – Gestion SODEC

Catalogage avant publication de Bibliothèque et Archives Canada

St. John Taylor, Jeannie, 1945-
    Le fameux arbre de Noël de Pingouin / Jeannie St. John Taylor ; illustrations de Molly Idle ; traduction des Éditions Homard.

Traduction de : Penguin's special Christmas tree.
ISBN 978-2-922435-16-0

    1. Pingouins--Romans, nouvelles, etc. pour la jeunesse.
2. Noël--Contes américains. I. Idle, Molly Schaar II. Éditions Homard III. Titre.

PZ23.T39Fa 2007   j813'.6   C2007-901806-8

Imprimé et relié à Singapour.

À Ty, Tori, Tevin et Kirsten
– *Jeannie St. John Taylor*

À Evan et Randy
– *Molly Idle*

J'aimerais **gagner** le Prix du Père Noël pour mon arbre cette année, mais je n'arrive pas à trouver ce que je vais mettre au **sommet** de l'arbre.

Je vais trouver une solution ...

Je réfléchis ...

Je réfléchis toujours ...

Je sais !

Trop de vert ?

Essayons de
travailler ensemble.

Le Père Noël aime bien ce qu'on fabrique soi-même.

Pas assez coloré ?

On pourrait faire un
bonhomme de neige plus petit.

Cette taille-*ci* ira mieux.

Je vais chercher
la serpillière.

Personne d'autre n'aura pensé à ça pour le sommet de l'arbre !

Attends!

Je suis *renversé.*

Euh ... De toute façon, on en avait besoin pour la voiture, non ?

Je sais !
Et si on mettait Harold
au sommet ?

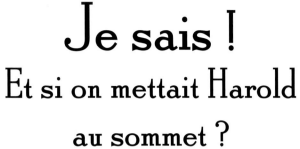

Bonne idée !

Harold fait trop le singe.

Il nous faut sans doute quelque chose
qui **s'allume** !

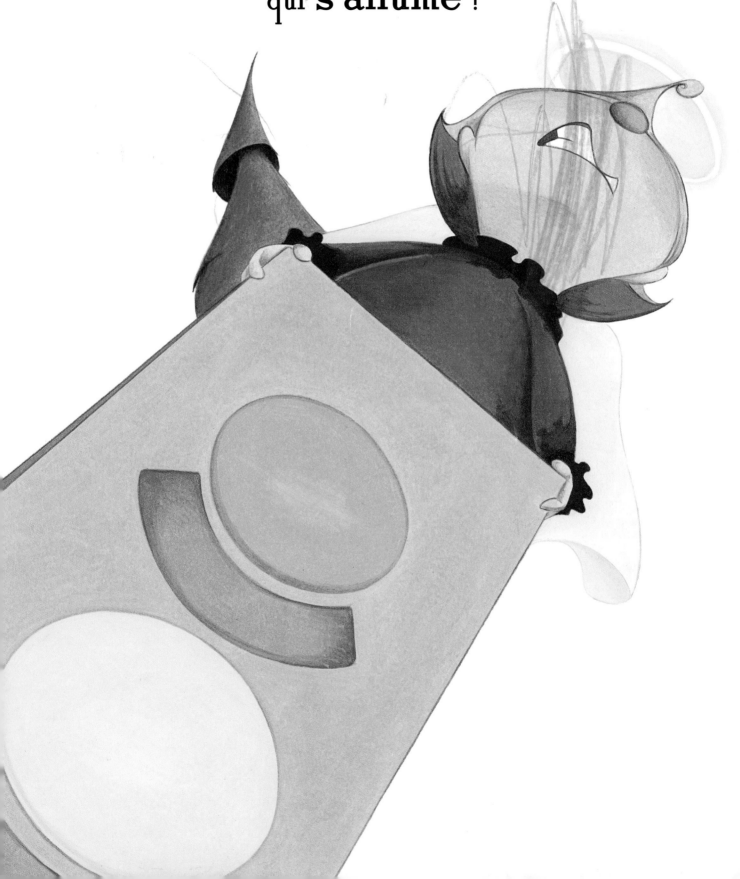

J'espère que le Père Noël arrivera bientôt !

Oh là là ...

Attends, il y a encore **ceci** !

Tu n'as plus d'idées maintenant ?

Non.

Moi non plus. Je ne serai jamais prêt à temps. C'est si triste ! Je voulais tellement gagner le prix ! Qu'est-ce que je vais faire ?

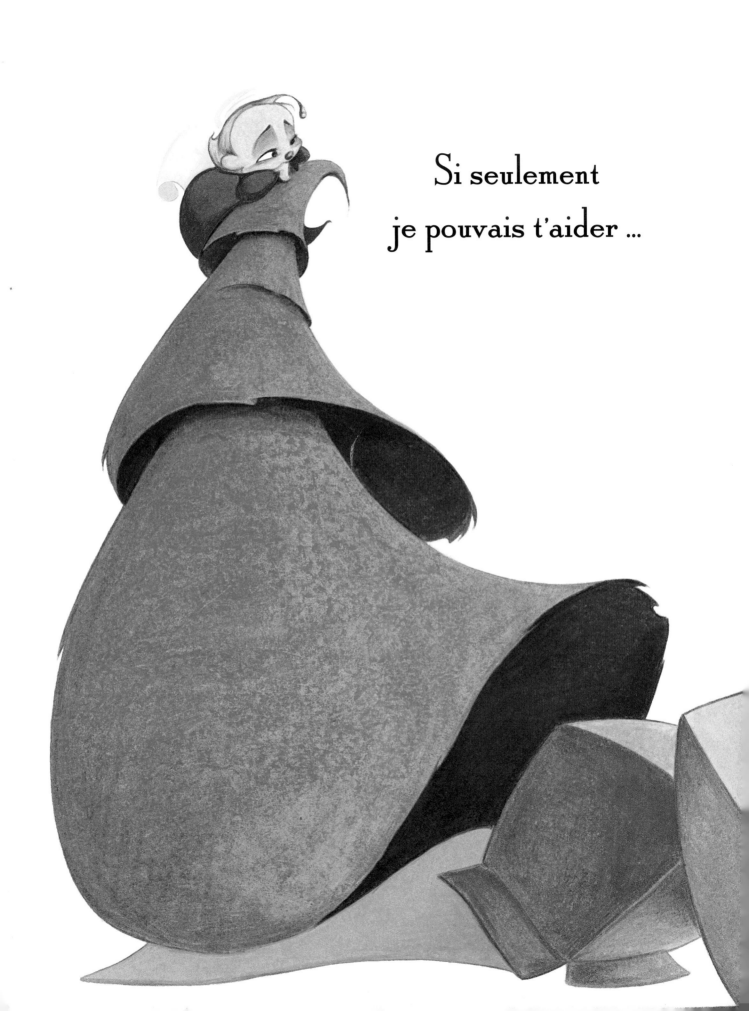

Si seulement
je pouvais t'aider ...

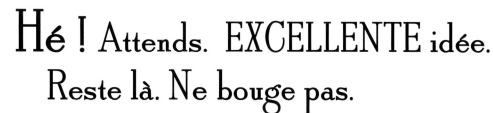

Hé ! Attends. EXCELLENTE idée.
Reste là. Ne bouge pas.
Un peu plus haut
Bouge un peu vers la droite.
Un peu plus ... un peu plus ...
Maintenant reviens un peu
sur tes pas.

Parfait !

Youpie !

Tu as gagné !
Ton arbre est le préféré du Père Noël !

Nous avons gagné.
Je n'aurais pas pu y arriver sans **toi**.